LES PARTIS,

ou

LE DANGER D'ÊTRE RAISONNABLE.

SATIRE.

LES PARTIS,

OU

LE DANGER D'ÊTRE RAISONNABLE.

SATIRE

SUIVIE DE QUELQUES POÉSIES.

PAR FÉLIX V.... L.

A PARIS,

DE L'IMPRIMERIE DE LEBLANC,

RUE DE L'ABBAYE, N.º 3.

Septembre 1816.

LES PARTIS,

OU

LE DANGER D'ÊTRE RAISONNABLE.

SATIRE.

F. — Où fuir, où me cacher? En tous lieux rebuté,
Je ne saurois trouver assez d'obscurité.
Je t'ai cru mon ami; viens, si tu l'es encore,
Suis-moi dans un désert, loin des lieux que j'abhorre.

    N. — Que veut dire aujourd'hui cet air triste et rêveur?
D'où vous vient tout-à-coup cet accès de fureur?
Vous, le doux sectateur de la philosophie,
Pourquoi prendre le ton de la misanthropie?
Quoi! ne savez-vous pas supporter les travers
De ces hommes légers qu'admire l'univers?
Croyez-moi, laissez là ce passager délire,
Vengez-vous de leurs torts en affectant d'en rire.

    F. — Je rirois! je rirois! quand je vois en tous lieux
Des milliers de méchants, de sots, de factieux!
Je rirois! quand je vois la discorde civile,
De ses tristes flambeaux embraser cette ville!
Je rirois! quand je vois les amis, les parents,
Égarés, désunis par leurs faux sentiments!
Lorsque de la raison on vous fait un grand crime!
Et que moi-même enfin je m'en vois la victime!

    Ce matin même encor dans ces jardins vantés,

Carrousel élégant de cent jeunes beautés,
Assis nonchalamment sur un banc solitaire,
Je respirois le frais de la brise légère :
Tout-à-coup j'aperçois, s'avançant à grand pas,
Un homme dévorant le *Journal des Débats.*
Son habit jadis neuf traînoit dans la poussière ;
A ses côtés pendoit une longue rapière,
Témoignage rouillé de sa vieille valeur ;
Une étroite culotte accusoit sa maigreur ;
Et sa pâle perruque, antique et délâbrée,
Sembloit dire aux passants : Jadis je fus poudrée.
    En lui je reconnus un ami de mon père,
Exilé trop long-temps dans la sombre Angleterre.
Il me vit tout-à-coup, et s'approchant vers moi :
Avec un vrai plaisir, dit-il, je vous revoi.
Ah! mon cher, depuis vous combien d'inquiétudes,
De chagrins, de tourments et de vicissitudes!
J'étois avec le Roi revenu dans ces lieux,
J'espérois y jouir d'un destin plus heureux ;
Mais vous savez comment, dans ma triste patrie,
Avec la trahison revint la tyrannie.
Ce soir, ce soir fatal, où le Corse pervers
En entrant dans Paris étonna l'univers,
J'abandonnai sans bruit cette superbe ville,
Et fus chercher ailleurs un séjour plus tranquille.
J'errai pendant long-temps dans mon ingrat pays,
Ne pouvant m'éloigner de ces lieux trop chéris.
A vingt périls enfin forcé de me soustraire,
Une seconde fois je revis l'Angleterre.
Quand, grâce à nos efforts, dans un temps plus heureux
Le Roi vint de nouveau commander dans ces lieux,
Appuyé des conseils de tous tant que nous sommes,
Je le suivis en France avec cinq cent mille hommes.

Enfin je me revois au sein de mon pays,
Heureux si j'étois sûr de voir mes maux finis.
    Que craignez-vous ? lui dis-je ; il faut prendre courage :
Tout ira bien pour vous, mon ami, je le gage ;
Aujourd'hui même enfin, n'êtes-vous pas content ?
— Content ! répondit-il d'un ton fort véhément ;
Je serois content, moi ! Tenez, Monsieur, j'enrage
Lorsque j'entends tenir devant moi ce langage ;
N'entendez-vous donc pas répéter tour-à-tour,
Le mécontentement est à l'ordre du jour ?
Qu'a fait le Roi pour nous ? Rien, pas la moindre chose ;
Sans nous en faire part, des emplois on dispose.
On nous dit : attendez, on va faire pour vous ;
Ce sort-là, répondez, vous paroît-il fort doux ?
Nous restons là sans rien, et la bouche béante,
Tandis qu'on récompense une foule intrigante.
Je n'aurai moi par an que deux fois mille écus.
— Eh ! que diable, Monsieur, voulez-vous donc de plus ?
— Ce que je veux ? dit-il ; je veux que l'on nous place,
Que tous les employés, sans attendre, on les chasse ;
Ils sont tous dangereux, et le Roi fera bien
De laisser, s'il m'en croit, tous ces messieurs sans rien.
— Je sais, lui dis-je alors, qu'il est quelques coupables,
Mais il en est aussi qui sont fort respectables.
Attendez que le trône et l'état affermis
Au-dedans, au-dehors soient libres d'ennemis ;
Le Roi saura régler d'une main magnanime
Le prix de la vertu, le châtiment du crime.
Dans ces moments de trouble il est plus malheureux
Que vous qui vous plaignez d'un ton si douloureux.
Amis comme ennemis, d'une voix insolente,
Persiflent la lenteur de son ame prudente.
Entouré, tourmenté par d'avides flatteurs,

Sa couronne est d'épine; il n'en est pas de fleurs.
Cessez donc d'attiser nos querelles civiles,
En propageant aussi ces propos inutiles.
Pour servir votre prince il n'est qu'un seul moyen,
De lui, malgré vos maux, ne dites que du bien.
Pour remplir les emplois, de son œil équitable
Il saura discerner le talent véritable.
— Il faut du royalisme et non pas du talent,
M'a répondu mon homme avec emportement;
Monsieur, je le vois bien, est un bonapartiste;
Cela suffit, adieu, moi je suis royaliste;
A ces mots, sur-le-champ il me tourne le dos,
Et me laisse étourdi de ce brusque propos.

Depuis cette rencontre, en tous lieux il m'évite,
Jamais à lui parler sa bouche ne m'invite,
A tous les exaltés, ses sots imitateurs,
Il m'a peint, en un mot, des plus noires couleurs.
Dès qu'elle m'aperçoit, la cohorte au plus vîte
Avec un cri d'horreur loin de moi prend la fuite.

Ce n'est pas tout encor; écoutez ce qui suit,
Vous verrez à quel point la raison parfois nuit.
Après avoir souffert l'ennui de cette scène,
On ne me laissa pas le temps de prendre haleine.
L'orateur des cafés, Damon l'astucieux,
Vint s'asseoir près de moi d'un air officieux.
Vous l'avez vu peut-être? On l'aperçoit sans cesse;
Il promène en tous lieux son active paresse;
Il compose à son gré son air et son maintien;
Si l'on croit ses discours c'est un homme de bien.
De larges favoris ombragent son visage;
Sous des dehors polis il cache un cœur sauvage.
Les mots de liberté, de patrie et d'honneur,
Sont toujours dans sa bouche.... il les dit dans son cœur.

Un certain mois de mars, certaine violette
Para modestement son habit en cachette.
De l'œillet rouge ensuite il porta les couleurs,
Jamais avant, Damon n'avoit aimé les fleurs ;
Ce goût subit surprit, et plus d'un royaliste
Se défia, dit-on, du nouveau botaniste.

Eh bien ! s'écria-t-il, en se tournant vers moi,
Ami, que pensez-vous des actions du Roi ?
Tout va mal, au plus mal ; je crains bien pour la France ;
Nous sommes tous perdus, je vois cela d'avance.
On parle sourdement de crimes, de complots ;
Ces alliés sans foi nous causent tant de maux !
La campagne est déserte et la ville ennuyée ;
La France sous le joug tient la tête baissée.
Sous le règne trop court du petit Empereur,
L'état, morbleu, rouloit avec plus de vigueur.
Si l'on osoit broncher, sans beaucoup de mystère
On vous fourroit soudain dans un lieu salutaire.

C'étoit là le bon temps ! deux ou trois bulletins
Venoient vous réveiller presque tous les matins.
On palpitoit d'horreur au récit des batailles,
On sautoit de plaisir à l'assaut des murailles.
Quelle pompe et quel feu dans ces récits trop courts !
Tout étoit *pittoresque* en ces fertiles jours:
Quel changement grand Dieu ! maintenant, dans la ville,
On n'ose plus parler que de rester tranquille.
Pour nos menus plaisirs nous n'avons cette fois
Que quelques souverains, et de nouvelles lois.
Plus de dindons, de vin, de fête magnifique,
Où les arts déployoient leur puissance magique ;
Mais chacun à-présent en veut faire les frais,
Et la fête du prince est celle des Français.

Cela ne peut durer ; pour mon compte j'espère

Que nous verrons bientôt quelque nouvelle affaire.
On dit que loin de nous un chef audacieux
Entretient dans son cœur un dessein courageux;
Et du nord au midi l'amour de la patrie
Tient les cœurs révoltés contre l'ignominie;
Au moment favorable on verra tout-à-coup,
La tyrannie à bas, la liberté debout.

A ces mots, indigné, je perdis patience:
Voilà donc, dis-je alors, voilà votre espérance,
Des querelles, du sang et de tristes débris!
Vous appelez cela chérir votre pays!
Vous blâmez votre Roi, vous désirez la guerre,
Et vous osez tenir ces discours sans mystère!
Il faut, je vous l'avoue, avoir un cœur méchant,
Pour oser énoncer un pareil sentiment.

— Quoi! me répondit-il, que voulez-vous donc dire?
D'où vous vient ce courroux? ah! daignez m'en instruire.
N'êtes-vous pas des bons?... J'en suis fâché pour vous,
Vous penserez, pour sûr, quelque jour comme nous.
A ces mots, en riant, il m'a quitté de suite;
Depuis ce moment-là comme l'autre il m'évite;
Et ses imitateurs je les vois aujourd'hui,
M'éviter, me railler, m'insulter comme lui.
Tous d'accord sur ce point, m'ont déclaré la guerre;
Chaque parti me croit dans le parti contraire,
J'ai beau pour la raison faire un dernier effort,
On rit de mes discours, et la raison a tort.
Telle est, en peu de mots, ma déplorable histoire;
Vit-on jamais, parlez, méchanceté plus noire?

N. — Vous avez là, mon cher, ce que vous méritez;
Pourquoi combattre en vain ces esprits entêtés?
De leurs raisonnements approuvez la sagesse,
Vous les verrez alors vous applaudir sans cesse.

Voyez Valcourt; par-tout on le voit d'un bon œil;
Il n'est pas de maison qui ne lui fasse accueil.
Pourquoi? parce qu'il sait d'une voix mielleuse
Caresser les penchants de leur ame orgueilleuse.
Jamais il n'eut besoin d'aller chez le traiteur;
De l'avoir à dîner chacun se fait honneur.
Chez un pur royaliste, il blâme avec constance
La charte, les pardons et puis la tolérance;
Chez un autre, d'un ton qu'il feint triste et pleureur,
Il lamente le sort de son pauvre Empereur.
Il défend autre part, d'une voix libérale,
Les droits sacrés du peuple et la loi sociale.
Hier soir jacobin, royaliste aujourd'hui,
Penser comme son hôte est une loi pour lui.
Voilà, mon cher ami, le moyen véritable
De passer en tous lieux pour un homme admirable.
Approuvez sagement tout ce qu'on vous dira,
Et vous verrez qu'alors on vous applaudira.

F. — Moi! j'irois d'une voix lâchement indulgente
Flatter les vains propos d'une foule insolente!
Et laissant de côté tout sentiment d'honneur,
De ma bouche approuver ce que blâme mon cœur!
Et fier du vain succès qu'offre la flatterie,
Acheter la louange au prix de l'infamie!
Non... Mes vers oseront, hardis et vigoureux,
Dire la vérité, flétrir les factieux;
Et si quelque talent fut jamais mon partage,
De l'indignation empruntant le langage,
J'oserai seul combattre au milieu des partis,
Pour l'intérêt du Roi, le bien de mon pays;
Et je veux, dussent-ils m'accabler de leur haine,
Dévoiler leurs erreurs, ou mourir à la peine.
Insensés, leur dirai-je, ah! quel aveuglement

Vous fait prendre le ton du mécontentement ?
Ces cris séditieux, qu'osez-vous en attendre ?
Vous blâmez votre prince au-lieu de le défendre ;
Vous êtes entre vous désunis, irrités ;
Lorsque vos ennemis, sous la foi des traités,
Attisant en secret vos discordes civiles,
Règnent insolemment au milieu de vos villes,
Et se réjouissant de vos tristes erreurs,
S'engraissent sans pitié du fruit de vos malheurs.

Un peuple sans accord est perdu sans ressource ;
Votre division de vos maux est la source.
Soyez fermes, unis, et des jours plus heureux
Vous feront oublier ces moments orageux.

Un état est semblable au vaisseau qui sur l'onde
Poursuit légèrement sa course vagabonde.
Le Roi, c'est le pilote ; et tous les matelots
Sont guidés par sa voix sur l'abîme des eaux.
Lorsque le ciel en feu menace la tempête,
A résister au vent l'équipage s'apprête ;
Mais si quelque méchant, hardi, séditieux,
Divise les marins par des cris factieux,
Occupés de leur haine, au sein de l'indolence,
En leur chef ils n'ont plus la même confiance.
Le pilote commande, on ne l'écoute plus ;
En vain répète-t-il ses ordres superflus ;
Le marin méconnoît ses avis salutaires,
Et fait avec mépris des manœuvres contraires ;
Mais le ciel s'obscurcit, et les vents furieux
Soulèvent à grand bruit les flots impétueux.
L'éclair luit dans les airs ; la foudre roule, gronde,
Et brille en traits de feu durant la nuit profonde.
Les pâles matelots, tremblants et consternés,
Reconnoissent trop tard qu'on les avoit trompés.

Ils adressent au ciel des prières ferventes ;
Ils recueillent en vain leurs forces impuissantes ;
Le vaisseau balotté par la vague orageuse,
Se brise sur les rocs de la plage écumeuse.
Dans l'abîme des eaux les marins engloutis,
Ne laissent après eux que de tristes débris.

Tel est le sort fatal que le ciel vous apprête,
Français, si vous n'osez détourner la tempête.
Oui si de la discorde écoutant les fureurs,
De vos divisions vous aimez les horreurs,
Craignez qu'enfin du ciel la justice lassée
Ne double de vos maux la mesure passée.

Et vous qui profanant le nom de citoyen,
De patriote austère affectez le maintien ;
Vous qui portez du Roi la devise chérie,
Vous tous qui prétendez aimer votre patrie ;
Cessez de consumer vos inutiles jours
A trafiquer par-tout de dangereux discours :
Vous croyez vainement, pour fruit de vos paroles,
N'avoir à redouter que des suites frivoles ;
Sachez que le venin d'un discours factieux
Entretient et répand l'esprit séditieux.
Souvent le ridicule est l'arme la plus sûre,
Dont se sert le méchant pour porter sa blessure ;
Les propos font fortune ; et la crédulité,
Attentive aux caquets, dort pour la vérité.

On trouve des abus, on voudroit tout refaire,
Tout réformer ; chacun pourtant à sa manière.
On parle ; mais toujours c'est l'amour du pays
Qui de son feu divin enflamme nos esprits.
C'est pour le bien du Roi qu'on le blâme lui-même ;
On ne voit les défauts que des gens que l'on aime ;
Si l'on ne réprimoit les fautes, les abus,

Et l'honneur et l'état bientôt seroient perdus.
Tels sont de maint parleurs les discours en usage....
Hé! de grace, Messieurs, changez donc ce langage!
Ayez tous ces grands mots de patrie et d'honneur
Un peu moins dans la bouche, un peu plus dans le cœur.
Pas de si longs discours, mais un peu plus de zèle.
Qu'on soit franc; mais toujours qu'on soit sujet fidèle.
Il faut des actions et non du sentiment;
Servez mieux la patrie, et ne l'aimez pas tant.

RETOUR D'UN EXILÉ.

Enfin après vingt ans d'exil et de souffrance,
Je revois donc encor ce beau pays de France!.
Infortuné! j'errois dans un climat lointain;
Je gémissois sans cesse et pleurois mon destin.
Mais l'orage a cessé de gronder sur ma tête,
Un ciel pur et serein succède à la tempête;
Vers mes foyers chéris je me vois rappelé,
Et je vais oublier que j'étois exilé...
Approchons; voilà donc les lieux qui m'ont vu naître!
Ah! depuis mon exil ils ont changé de maître.
Je crois apercevoir ce château paternel,
Où j'espérois jouir d'un bonheur éternel.
Dois-je en croire mes yeux? quel changement funeste!
D'un superbe palais voilà donc ce qui reste!...
Je n'entrevois par-tout que débris entassés;
L'oiseau lugubre crie en ces lieux délaissés;
Les murs sont écroulés; sous les voûtes tremblantes,
Le chardon croît parmi les ronces déchirantes.
Grand Dieu! tu l'as voulu ce fatal changement!
Fais-moi-le contempler d'un œil ferme et constant.
Si je n'ai plus de biens, ces bois que la nature
Recommence à parer d'un dôme de verdure,
Ces ruisseaux serpentant sur ces gazons fleuris,
Me feront oublier mes superbes lambris.
Oui, je veux habiter une simple chaumière;
J'y rirai de tes dons, fortune mensongère;
Et dans l'espoir flatteur d'un meilleur avenir,
Je charmerai mon cœur par un doux souvenir.

ODE

A SON ALTESSE ROYALE

MADAME,

DUCHESSE D'ANGOULÊME.

Qui paroît à mes yeux dans ces lieux pleins de charmes *
Quelle démarche auguste, et quels nobles regards!
Je reconnois, hélas! à ces traits, à ces larmes,
    La fille des Césars.

Quoi! Princesse chérie, une terre étrangère
Une seconde fois verra donc tes malheurs!
Et la France, grand Dieu! peut souffrir et se taire,
    En contemplaut tes pleurs!

La Gironde en courroux te vit quitter la rive
Où pour toi vouloit vaincre un peuple frémissant,
Et tu voulus plutôt partir en fugitive
    Que de verser le sang.

Mais si la France alors tremblante et consternée
Ne peut pour te défendre accourir sur tes pas,
Tu la verras bientôt, sanglante, infortunée
    Se jeter dans tes bras.

---

* Madame demeuroit alors à Battersea, maison de campagne près de Londres.

Déjà de leur bon Roi pleurant la longue absence,
Les Français indignés vont payer le retour;
Déjà de leur succès ils puisent l'espérance
　　　Dans leur ardent amour.

Et toi qui si long-temps vécus dans la souffrance,
A-la-fin la vertu voit cesser ses malheurs;
Bientôt en souriant l'aimable Providence
　　　Viendra sécher tes pleurs.

Oui des lis à jamais la bannière sacrée
Reparoîtra bientôt sur le palais des Rois;
Et du vaillant Henri la race désirée
　　　Recouvrera ses droits.

Portant au ciel les vœux de la reconnoissance,
La France, de ses maux ne se souviendra plus;
Son bonheur, son amour, seront la récompense
　　　De tes nobles vertus.

LE DRAPEAU BLANC.

COUPLETS

CHANTÉS A L'OCCASION DE L'ENTRÉE DU ROI A PARIS.

Air : *Le premier pas.*

Le drapeau blanc à-la-fin nous rappelle ;
Suivons, amis, ce signal éclatant.
La France acquit une gloire immortelle,
Et ce fut quand elle resta fidèle
    Au drapeau blanc.   (*bis*)

Le drapeau blanc guidoit à la victoire
Les fiers soldats d'un Roi tendre et vaillant ;
Depuis Henri d'éternelle mémoire,
L'honneur suivit, d'accord avec la gloire,
    Le drapeau blanc.   (*bis*)

Le drapeau blanc de la paix est le gage,
Et nous promet un sort doux et constant.
Qu'on le révère, et que chacun s'engage
A protéger sans cesse avec courage
    Le drapeau blanc.   (*bis*)

LES VICISSITUDES DE LA FORTUNE.

DIALOGUE
Entre un Émigré et son ancien Domestique qu'il rencontre sur les Boulevards.

Est-ce toi, Nicolas? — Oui, Monsieur, c'est moi-même.
De vous voir en ces lieux mon plaisir est extrême.
— J'arrive d'Angleterre, et cherche un logement...
Mais, Nicolas! cet air, ce costume élégant,
Ce char où tu te ris de la boue importune;
Tout semble m'annoncer ta rapide fortune.
Tu n'es donc plus laquais, mon pauvre Nicolas?
— Moi! laquais! ah! fi donc, Monsieur, n'en parlez pas...
Mais j'ai quitté mon nom en quittant la livrée,
Je m'appelle à-présent Monsieur de l'Empyrée,
Je suis riche, le ciel a béni mes travaux;
J'ai su mettre à profit mes minces capitaux.
De Paris à mon tour je fréquente l'élite,
Et, grace à mon argent, suis homme de mérite.
Si Monsieur vouloit bien venir... là... sans façon,
Goûter de mon dîner, il le trouveroit bon...
— Sûrement, l'Empyrée; et ta noble demeure,
Peut-on savoir ? — Monsieur l'apprendra tout-à-l'heure;
La maison que j'occupe est votre ancien hôtel.
— Quoi! mon hôtel! faquin. Tu fus assez cruel
Pour m'en déposséder! — Monsieur, point de colère,
La perte d'un hôtel! bon, c'est une misère.

Vous ne savez donc pas que votre vieux château
Appartient maintenant au fournisseur Bonneau ?
Que vos bois séquestrés, en vertu de licence,
D'un maigre procureur ont engraissé la panse.
Vos biens, depuis long-temps, ont tous été vendus,
Et je crois qu'à jamais pour vous ils sont perdus.
— O ciel! j'avois laissé, quand je quittai la France,
Des maisons, de l'argent, des biens en abondance.
Que devenir? que faire? Hélas! je n'ai plus rien!
Ma femme reste donc pour mon unique bien;
Car tu sais, en partant j'avois laissé ma femme....
— Oui, mais ne comptez plus sur cette bonne dame.
— Quoi! d'apprendre sa mort aurai-je la douleur?
— Non. De la belle en moi vous voyez l'acquéreur.

FIN.